Der Bücherbär

Eine Geschichte für Erstleser

Anne Steinwart

# Jakob in der Räuberhöhle

Mit Bildern
von Pia Eisenbarth

EDITION BÜCHERBÄR

**Anne Steinwart**
wurde 1945 geboren, ist verheiratet und hat zwei Kinder.
Das Schreiben war für die ehemalige Rechtsanwaltsgehilfin viele Jahre „nur liebstes Hobby“. Seit 1987 arbeitet sie als freie Autorin.
Anne Steinwart wurde bekannt durch ihre von der Zeitschrift „Brigitte“ veröffentlichten Gedichte und durch mehrere erfolgreiche Kinderbücher.

**Pia Eisenbarth,**
1960 in Zweibrücken geboren, lebt heute im Rheingau.
Seit ihrem Grafik-Design-Studium ist sie freiberuflich als Kinderbuchillustratorin, Zeichnerin und Grafik-Designerin tätig. Sie arbeitet für verschiedene Kinderbuchverlage, Zeitschriften und Museen.

## 1. Kapitel

Helles Mondlicht fällt
durch das Fenster
in Jakobs Zimmer.
Die Regale sind leer.
Auf dem Fußboden
liegt alles
bunt durcheinander:
Schulsachen
und Turnschuhe,
Hosen und Pullover,
Socken und Kassetten,
Bücher und Spielzeug.

Es sieht ziemlich wild aus.
„Wie in einer Räuberhöhle“,
hat Jakobs Mutter
vor dem Schlafengehen
geschimpft.
Und dann hat sie
einen Vortrag gehalten.
Über Unordnung
und Ordnung.

Jakob hätte sich
am liebsten verdrückt.
Aber er lag im Bett
und musste zuhören.
Oh, Mann, oh, Mann!
Lustig war das nicht!

Inzwischen sind
viele Stunden vergangen.
Mitternacht ist längst vorbei.
Jakob hat
ein paar Runden geschlafen
und ist jetzt hellwach.
Er denkt an Mama
und an ihren Vortrag.
Und das macht ihn
ganz kribbelig.
Die Lage
ist verflixt ernst!
Mama will,
dass Jakob
endlich aufräumt.
Sie kann Räuberhöhlen
nicht ausstehen.

„Ach Mama“, seufzt Jakob.
„Aufräumen
ist viel zu anstrengend
und viel zu langweilig.“
Jakob runzelt die Stirn.
Lieber an etwas anderes
denken . . .
Einen Moment später
raschelt und knackt es
an der Hauswand im Efeu.

Jakob lauscht.
Sind Nachbars Katzen
wieder unterwegs?
Nein.
Die machen
andere Geräusche!

Jakob fährt in die Höhe
und schaut zum Fenster.
Aufgeregt spitzt er
beide Ohren.
Da geht das Fenster auf,
und, ritsch, ratsch!,
die Gardine wird
zur Seite geschoben.
Jemand klettert
ins Zimmer.

Jakob reißt erschrocken
Mund und Augen auf.
Ein kleiner Mann
mit einem großen Hut
steht da im Mondlicht!
„Mund zu“, sagt er
und kommt näher.
„Nicht beißen!
Ich bin Pineken,
Räuber von Beruf.“

Jakobs Angst
verschwindet so schnell,
wie sie gekommen ist.
Er kichert.
Ein Räuber will
der kleine Mann sein?
Das einzige Räubermäßige
an ihm ist
der große Hut!
Und Pineken heißt er?
Komischer Name!

„Kommst du mit?“,
fragt Pineken nun.
Jakob hört auf zu kichern.
„Mitkommen?“,
fragt er.
„Wohin denn?“
Pineken blinzelt ihm zu.
„In die Backstube
von Bäcker Mangold.
Pudding-Schnecken stibitzen!“
Jakob zögert
nur eine Sekunde.
Dann springt er
aus dem Bett.
Pudding-Schnecken
sind genau das,
was er Tag und Nacht
essen möchte.

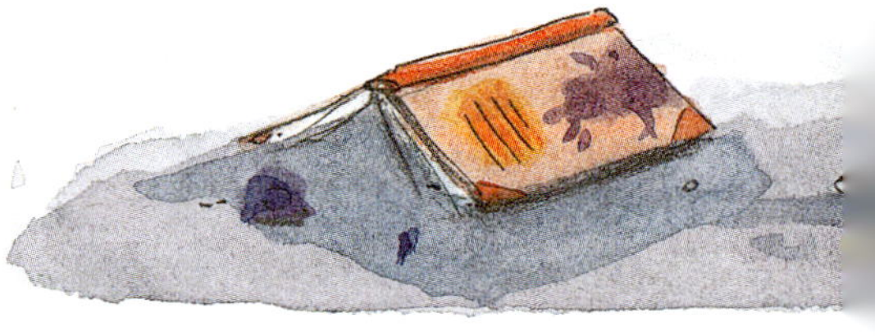

Für eine Pudding-Schnecke
tut Jakob alles!
Er zieht einen Pullover
und eine Hose
über den Schlafanzug.
Pineken verschwindet schon
nach draußen.

Jakob steigt auf die Heizung,
schlüpft durch das Fenster
und klettert
die mit Efeu berankte Hauswand
hinunter.
Das wollte er schon so oft.
Er hat sich nur nie getraut.
Aber es ist
die einfachste Sache der Welt.

## 2. Kapitel

Die Bäckerei Mangold
liegt unten in der Stadt.
Der Fußweg bergab
dauert eine Viertelstunde.
Staunend geht Jakob
neben Pineken her.
Die Häuser und Straßen
sehen viel schöner aus
als am Tag.
Und der Himmel sieht aus
wie der 24. Dezember.

Der Mond
ist eine silberne Kugel,
die Sterne funkeln
wie Weihnachtskerzen.
Jakob bleibt stehen
und schaut eine Weile
nach oben.
„Schön?“, fragt Pineken.
Jakob nickt heftig.

Dann guckt er
den kleinen Mann
an seiner Seite an.
„Du bist
ein komischer Räuber“,
sagt er.
„Gefalle ich dir nicht?“,
fragt Pineken etwas beleidigt.
„Doch“, sagt Jakob.
„Aber du bist so klein
und so nett!
So sind Räuber
eigentlich nicht.“

Da winkelt der kleine Mann
die Arme an,
atmet ein paar Mal sehr tief
und pumpt mit den Armen
die Luft in sich hinein.
Er wird groß und breit,
immer größer und breiter.

Sogar seine Bartstoppeln,
seine Haare,
seine Augenbrauen,
alles wächst mit.
In Sekunden-Schnelle.
Jakob kriegt weiche Knie.

Pineken
sieht gar nicht mehr
wie Pineken aus!
Er zieht
die Augenbrauen spitz,
presst die Lippen zusammen
und guckt furchtbar grimmig.
Als Jakob anfängt zu zittern,
macht es: P f f f f f f f !
Der finstere Riese atmet aus
und wird wieder Pineken.
„Uff“,
sagt Jakob erleichtert.
„Du hast mich
vielleicht erschreckt!“
Pineken zuckt nur
mit den Schultern.

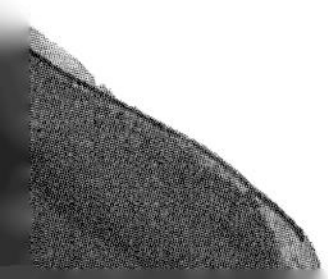

„Oh, Mann, oh, Mann“,
sagt Jakob
und schüttelt sich
wie ein nasser Hund.
„Pudding-Schnecken“,
trällert Pineken jetzt
und schnalzt mit der Zunge.
Jakob schnuppert.
Oh ja – ein köstlicher Duft
weht ihnen entgegen!
Und hinter
der nächsten Häuserecke
taucht auch schon
die Bäckerei auf!
Jakob läuft das Wasser
im Mund zusammen.

## 3. Kapitel

Pineken
zeigt auf zwei Fenster.
Hinter denen brennt Licht.
„Dort ist die Backstube“,
sagt er zu Jakob.
„Mach eine Räuberleiter.
Wir müssen
die Lage sichten.“
Jakob stellt sich
unter ein Fenster
und verschränkt
mit den Fingern
beide Hände.

Pineken hüpft
auf Jakobs Hände,
macht Räuberaugen
und springt sofort wieder
auf die Erde zurück.
„Ich wusste es doch“,
sagt er.
„Um diese Zeit
macht der Bäcker
immer ein Nickerchen.
Er schuftet ja schon
seit Mitternacht
und der Jüngste ist er
auch nicht mehr.“

Leise öffnet Pineken eine Tür
und schleicht
durch den Seiteneingang
in die Backstube.
Jakob folgt ihm langsam
auf Zehenspitzen.
Bäcker Mangold sitzt
auf einem Stuhl
und schnarcht.
Sein dicker Bauch wackelt
bei jedem lauten Atemzug.
Seine Haare sind verstrubbelt
und voller Mehl.

Jakob verbeißt sich
das Lachen.
Pineken
nimmt seinen großen Hut
und setzt ihn
dem schlafenden Bäcker
auf den Kopf.
„Wie sieht der Meister nun aus?“,
flüstert er.
„Wie ein Räuberhauptmann“,
flüstert Jakob
und kichert leise.
„Genau“, flüstert Pineken.
„Kleider machen Leute!“

Bäcker Mangold seufzt
und kratzt sich am Kopf.
Pinekens Hut plumpst
auf seinen Bauch.
Zum Glück
schnarcht der Bäcker
schon wieder.
Jakob angelt schnell
den Hut
und setzt ihn selber auf.
Jetzt ist er
der Räuberhauptmann.
Jetzt will er endlich
Pudding-Schnecken
stibitzen.
Deshalb ist er ja
schließlich gekommen!

Ein ganzes Blech voll
steht in dem Regal
neben dem Backofen.
Hmmm!
Wie die aussehen!
Wie die riechen!
Jakob leckt sich die Lippen.
Pineken bringt
eine Papiertüte,
und Jakob packt ein.
Acht Schnecken
passen in die Tüte.
Acht wunderschöne
Pudding-Schnecken!
„Was ist hier los?“,
brummelt plötzlich der Bäcker.
„Ist hier jemand?“

Jakob stellt die Tüte sofort
ins Regal zurück
und lässt sich, platschbumm!,
auf die Erde fallen.

Noch ist der Bäcker
im Halbschlaf.
Aber das kann sich
jeden Augenblick ändern!
Nervös kaut Jakob
an einem Finger.
Er fühlt sich auf einmal
ganz scheußlich.
Der Bäcker darf ihn
auf keinen Fall erkennen.
Sonst kann Jakob
die beste Bäckerei der Stadt
nie wieder betreten.
„Aufstehen!“,
befiehlt Pineken.
„Und einatmen, einatmen,
einatmen!“

Jakob hört auf zu denken
und springt hoch.
Er tut alles,
was Pineken ihm vormacht:
Arme anwinkeln,
ein paar Mal tief Luft holen
und mit den Armen pumpen,
pumpen, pumpen
und die Luft anhalten.

Bäcker Mangold
sitzt stocksteif.
Mit aufgerissenen Augen.
Jakob und Pineken wachsen
blitzartig in die Höhe
und in die Breite.
Und beide
machen finstere Mienen.
Der Bäcker wischt sich
über die Stirn.
Sein Gesicht wird so weiß
wie das Mehl
in seinen Haaren.

„Räuber in meiner Backstube?“,
murmelt er.
„Träume ich?“

Ganz langsam
rutscht er vom Stuhl
und fällt in Ohnmacht.
Jakob und Pineken
blinzeln sich zu
und atmen aus.
In Sekunden-Schnelle
nehmen beide wieder
ihre normale Gestalt an.

„Mensch!“, sagt Jakob.
„Das ist noch einmal
gut gegangen!“
Pineken zuckt
mit den Schultern,
nimmt seinen Hut
von Jakobs Kopf
und setzt ihn selbst
wieder auf.
„Du hast viel gelernt“,
sagt er.
„Aber nun raus hier!“
Dann schnappt er
die Tüte
mit den Pudding-Schnecken
und flitzt vor Jakob her
ins Freie.

## 4. Kapitel

Vor der Apotheke,
ein paar Straßen weiter
steht eine blaue Bank.
Dort lassen
Pineken und Jakob
sich nieder.
Pineken hält Jakob
die Tüte hin.
„Achtung, fertig, Schmatz!“,
sagt er.
„Ich muss erst
verschnaufen.“

Jakob greift zu
und beißt
in die erste Schnecke.
Sie ist noch ganz warm
und klebrig.
Der Pudding
zergeht augenblicklich
auf der Zunge.
Jakob schmatzt selig
und beißt gleich
noch einmal ab
und noch einmal
und noch einmal . . .
Hmmmm!

Eine Pudding-Schnecke
von Bäcker Mangold
mitten in der Nacht . . .
Davon hat Jakob
schon oft geträumt!
Und sieben Stück
sind noch in der Tüte!
„Jeder kriegt insgesamt vier“,
sagt Jakob
und schiebt den Rest
seiner ersten Schnecke
in den Mund.
Dann leckt er sich genüsslich
alle Finger ab.

„Die anderen
schmecken genauso!“,
grinst Pineken
und saust mit der Tüte
davon.

Bevor Jakob
irgendetwas tun kann,
düst Pineken
schon über die Straße
und biegt
in eine der kleinen Gassen.
Wie ein geölter Blitz
mit Hut!
Jakob runzelt die Stirn.
Soll er aufspringen
und Pineken nachrennen?
Ach nein.
Lieber nicht!

Jakob ist jetzt schlapp
und müde.
Das Abenteuer mit Pineken
war sehr schön,
sehr interessant
und sehr aufregend.
Nun ist es zu Ende.
Der Räuber ist
mit der Beute abgehauen
und schon verschwunden.
Dabei soll es bleiben.

Nett war Pineken trotzdem!
Jakob grinst und gähnt
und streckt sich lang aus.
Heute räume ich
die Räuberhöhle auf,
denkt er schläfrig.
Dann spendiert
Mama mir bestimmt
eine Pudding-Schnecke.
Vielleicht sogar zwei!
Jakob wird
mit ihr verhandeln.

Er kuschelt sich
in die Bettdecke
und schließt die Augen.
Der Mond schaut silbern
durchs Fenster.
Jakobs Gesicht
sieht sehr zufrieden aus.

## Der Bücherbär – Eine Geschichte für Erstleser

**Mit Bücherbärfigur am Lesebändchen!**

### Eine Auswahl der bereits erschienenen Titel:

*Achim Bröger,* **Nickel flunkert gute Noten**
*Achim Bröger,* **Nickel spielt Lehrerin**
*Sarah Bosse,* **Der kleine Pirat und das Seeungeheuer**
*Eveline Hasler,* **Die Schule fliegt ins Pfefferland**
*KNISTER,* **Hexe Lilli zaubert Hausaufgaben**
*KNISTER,* **Hexe Lilli feiert Geburtstag**
*Ingrid Kötter,* **Mädchen sind Klasse!**
*Manfred Mai,* **Tobias und der starke Ritter**
*Mücki & Max,* **Die schönsten Kinderwitze**
*Frauke Nahrgang,* **Nur Mut, Lena**
*Anne Steinwart,* **Jakob in der Räuberhöhle**
*Christa Zeuch,* **Zusammen sind wir stark**

Jeder Band: Gebunden. Farbiger Vorsatz.
Durchgehend farbige Illustrationen.
56 Seiten. Ab 6

EDITION BÜCHERBÄR

# Kleine Geschichten

Insa Bauer, **Rittergeschichten**

Hannelore Dierks, **Spukgeschichten**

Jan Flieger, **Mutgeschichten**

Sabine Jörg, **Schulklassengeschichten**

Ulrike Kaup, **Vampirgeschichten**

Ulrike Kaup, **Schulgeschichten**

Maria Seidemann, **Piratengeschichten**

Gerda Wagener, **Indianergeschichten**

Friederun Reichenstetter, **Schulhofgeschichten**

Ulrike Kaup, **Pferdegeschichten**

**Mit Bücherbär am Bändchen!**

**Jeder Band: 32 Seiten. Gebunden.**
**Durchgehend farbig illustriert.**
**Ab 6**

EDITION BÜCHERBÄR

**In neuer Rechtschreibung**

3. Auflage 2002

Einband und Illustrationen: Pia Eisenbarth
Gesamtherstellung: Westermann Druck Zwickau GmbH
ISBN 3-401-07471-7